Melany de Isabeau

AF176445

ANGSTVOLL
IN DER
DUNKELHEIT

Geschichten – Elfen – Kobolde und....

FSC
www.fsc.org

MIX

Papier aus ver-
antwortungsvollen
Quellen
Paper from
responsible sources

FSC® C105338

Herstellung und Verlag:
BoD-Books on Demand,
Norderstedt
ISBN:9783756206025

Wenn uns etwas Schreckliches passiert, erscheint uns das Davor als besonders schön und perfekt. So erging es mir, lange nachdem ich je meinen Namen vergessen hatte. Am Anfang der Gefangenschaft erinnerte ich mich daran. Ein strahlender, heller Tag mit vielen bunten Farben. Das war es, wofür es geschaffen war: Malen, kreativ sein. Ich war gerade mit meinem ersten Kunstwerk beschäftigt gewesen, als es geschah. Ich wurde gepackt und in die Dunkelheit gestoßen. Atme ruhig. Beruhige dich. Es half gar nichts. Meine Gedanken gingen ins Leere.Es war eng und stickig.Ich konnte mich kaum bewegen und bekam keine Luft. Doch am meisten setzte mir die absolute Schwärze zu. Ich wusste nicht, wo oben und unten war.Ich stecke mich, um den Rand meines Gefängnisses je zu ertasten und erschauderte. Neben mir lag noch jemand.Bewegungslos.Wo war ich? Warum war ich hier? Ich wollte je schreien, traute mich aber nicht. Nur ein

Schluchzen konnte ich unterdrücken. Panisch drehte ich mich weg von den anderen, wollte ihn nicht berühren. Doch überall lagen andere. Ich wurde gegen sie gedrückt. Sie waren eiskalt. Vorne, hinten und oben wurde ich gegen Wände gedrückt. Ich konnte nirgendwo hin. „Komm schon. Denk an etwas sehr Schönes. Denk an deine Bilder." Meine eigenen Worte beruhigten mich nicht. Da ertönte ein heiseres Lachen. „Gib dir keine Mühe. Nach spätestens zwei Tagen hier drin drehst du eh durch. "Hallo lebt hier noch jemand? Hoffnung flackerte bei mir auf. „Natürlich. Wir leben alle noch. Falls man das leben nennen kann." Ich war nicht allein. Gott sei Dank. Doch was hatte der andere jedoch gesagt? „Nach zwei Tagen? Wie lange bist du schon hier?" Der ander ließ sich mit der Antwort Zeit. „Tage, Wochen, Jahre. Wer kann das schon sagen. Find dich damit ab." Ich fand mich nicht damit ab. Ich kreischte: „Holt mich raus!

Bitte! Ich kann das nicht." Keiner der anderen sagte etwas zu mir. Ich schrie und schrie, bis ich nun keine Kraft mehr hatte und vor mich hinwimmerte. „Bist du noch da?" Meine Stimme war ein heiseres Krächzen. „Natürlich wir sind alle noch da. Wo sollen wir denn hin? Diesmal hörte ich mehrere Stimmen,die kicherten. „Ich will hier raus." „Wünsch dir das lieber nicht."„Warum nicht? Was ist draußen?" „Das willst du je nicht wissen." So blieb es mir überlassen, mir alle möglichen Schrecken auszumalen. Nach und nach schnappe ich Gerüchte auf, die die anderen verbreiteten. Ich hörte von denen, die raus durften und danach nicht mehr die selben waren. Die ein Stück von sich verloren hatten. Und ich hörte Geflüster über eine Folter -maschine, in die man kopfüber dann gesteckt wurde und die einem unbegreif -liche Qualen zufügte. Und so verlor ich meine Hoffnung. Selbst, wenn ich einen kurzen Schlaf hatte, träumte ich von den

Foltermaschinen und von Schmerzen. Schwer zu sagen, wie lange ich je, in meinem Gefängnis zugebracht habe, als ich spürte, wie der Raum sich bewegte. Ich wurde gegen die anderen geschleudert und stand einen Moment kopfüber und wurde wieder gegen die anderen geschleudert. Ich erschrak. Wieder das beklemmende Gefühl der Enge, die Panik der Orentierungslosigkeit. Dann gab es ein kratzendes Geräusch. Fahles Licht schien nun durch einen schmalen Streifen, wurde breiter und blendete mich. Ich zucke zurück. Bitte nicht mich, bitte nicht mich,dachte ich. Kalte, feuchte Hände berührten mich kurz. Jemand anderes wurde gepackt und nach draußen gerissen. Ich atmete auf. Es herrschte Stille. Niemand flüsterte. Alle warteten. Eine Ewigkeit. Wieder erschien das unerträgliche helle Licht. Der Erste wurde nun wieder hineinge- schleudert ein anderer herausgerissen. So ging es weiter. Die,die zurückkamen, verhielten sich unterschiedlich. Einige waren apatisch. Sagten gar nichts und rührten sich nicht. Andere schrien. Und diese Schreie waren das Schlimmste. Sie erschütterten mich bis ins Mark. Einige kamen zwei oder drei Mal dran. Und die ganze Zeit wusste ich, dass es auch mich treffen würde. Als die Helllig -keit durchbrach, wusste ich, dass es so weit war. Ich konnte nirgendwo hin. Riesige Hände griffen je nach mir. Sie drückten mich so fest, dass ich keine Luft bekam. Ich wurde durch die Luft gewirbelt und sah Metall auf mich zu- kommen. Mein Kopf wurde gegen das kalte Material gepresst und ich schloss die Augen.

Von all dem ahnte Melany de Isabeau nichts. Er war nur ein Stift. Ein Bunt- stift, den sie aus ihrer Tasche zog und in den Anspitzer steckte.

ENDE

Melany de Isabeau

DIE
TRAURIGKEIT
IN MIR

Wieder einmal war ich bei Wölfi und Brittya zu Besuch.Ich konnte einfach nicht anders, obwohl ich mich dafür hasste. Auch jetzt zu Weihnachten musste ich es tun. Doch heute spürte ich, dass ich unwillkommen war, zumindest bei Brittya, sie zickte je rum und wollte mich wohl loswerden,aber ich ignorierte je ihre Anspielungen. Stattdessen bewunderte ich den Weih -nachtsbaum mit seinen blinkenden LED - Lichtern. Kleine Glöckchen zitterten leise an seiner Spitze, und das fand ich schön. Es erinnerte mich an etwas, aber ich wusste auch nicht woran... Ob Brittya etwas gemerkt hatte? Na und wenn schon, diese Schlampe ging genauso fremd wie ihr Ehemann. Nur dass Sie es eher getan hatte als Er. Woher ich das nun wusste? Nun, Er hatte es mir erzählt. Kurz darauf landeten wir im Bett.

Es handelte sich köstlicherweise um das Ehebett des Paares, denn Brittya war nicht da, vermutlich hielt sie sich bei ihrem Liebhaber auf. Es war sehr schön mit Wölfi. Seine Küsse sexy, berauschend,sein Körper vertraut und aufregend zugleich – ich hatte ihn je, schon immer angebetet, schon als kleines Mädchen. Er sah so gut aus, er war einfühlsam, so gebildet – und so ausgehungert nach Liebe. Ich weiß nicht, ob es ihn nur nach körperlicher Liebe verlangte, vielleicht brauchte er auch je das volle Paket: Anbetung, Respekt uns so weiter.Von mir bekam er alles. Wie sehr musste Brittya ihn runtergebracht haben. Anderseits gibt es bei solchen Dingen immer zwei Schuldige, doch in diesem Fall war ich je geneigt, alles seiner Frau anzu-kreiden. Brittya ging in die Küche, und ich rutschte nun näher an Wölfi.

Wir hörten dann die Haustür klappen. Seine Frau war weg. Er seufzte auf und nahm mich in seine Arme. Liebte er sie noch? Es war mir auch egal,ich lechzte nach ihm und überließ mich seinem Mund und je seinen Händen. Später sagte er: „Celu, meine Kleine, ich möchte bei dir schlafen,in deinem Bett!" „Das ist aber gefährlich", ich musste lachen, „meine Eltern sind doch da und Tante Melau auch, die kommt immer zu Weihnachten angereist..." Ich wunderte mich jedoch über seinen Wunsch, es sei denn, er hätte einen Entschluss gefasst. Wollte er sich zu mir bekennen? Das kam mir unwahrscheinlich vor. Vielleicht wollte er nur ein Zeichen setzen, wenn ich nur je wüsste, was für ein Zeichen... „Ist mir egal..." Mit diesen Worten küsste er meine Bedenken je weg. Es war schon spät, also brachen wir kurz darauf auf und schlichen uns ins Haus meiner Eltern. Leise ganz leise. Ich zog einen züchtigen Schlafanzug an. Und Wölfi auch, er hatte einen von zu Hause mitgenommen. Wir mussten kichern, als wir uns nun betrachteten: Wir sahen aus, wie ein altes Ehepaar. Und so lagen wir auch in meinem Bett und hielten uns fest. Vollkommen unschuldig, kein Sex, nur leise Gespräche, nur ein bisschen Streicheln, ich glaube, er hatte nicht einmal eine Erektion. Ich fand es je richtig und kuschelte mich an ihn. Vielleicht war es der schönste Augen -blick in meinem Leben, und ich wollte diesen Augenblick voll auskosten. Wölfi nun zu spüren, seinen Körper, seine Hände, seine Worte. In der Nacht wurde ich von einem entsetzlichen lauten Schrei aufgeweckt. Ich fuhr auf. Wölfi lag nun nicht mehr neben mir.Er war bestimmt ins Badezimmer gegangen – und irgendeinem in die Arme gelaufen. Im besten Fall der Tante Melau. Im je, schlimmsten Fall... nein nicht der! Das wäre ganz übel.Ich vergrub mich unter der Bettdecke und wartete atemlos. Bis ich spürte , dass eine Hand nach mir tastete, es war seine Hand. „Es wird alles gut", flüsterte Wölfi zu mir. Ich tauchte wieder auf und legte meinen Kopf an seine Schulter. Wie tröstlich er sich anfühlte und wie sehr ich ihn liebte. Seltsam, dass es so wehtat, jemanden so zu lieben. Leider war der schlimmste Fall eingetreten, denn keine Minute später standen Mutter und Vater – Mutter hatte Vater je zu Hilfe geholt – anklagend vor meinem Bett. „Wir möchten euch sprechen!" Okay", sagte ich. Ich erhob mich und fühlte den Blick meiner Mutter listig

über meinen unschuldigen Schlafanzug wandern. Sie war bestimmt sehr
enttäuscht darüber, hätte mich lieber
je nackt erwartet. Meine Mutter und
ich – wir mögen uns je nicht besonders... „Zieh dir was an", sagte ich
leise zu Wölfi, er hockte neben mir
auf der Bettkannte, und sein Gesicht
wirkte vollkommen undurchschaubar'
ich will nicht,dass sie dich so sehen."
Wenig später saßen Wölfi und ich je
nebeneinander auf dem altmodischen
Sofa im Wohnzimmer meiner Eltern,
er hatte sich angekleidet und wieder
respektabel gemacht, ich hingegen
fühlte mich verletzlich in meinem un'
schuldigen Schlafanzug. Gegenüber
meine Eltern und die permanent nach
Zigarettenqualm   stinkende   Tante
Melau, die uns aus ihren Vogelaugen
anglotzte. Der mickrige Weihnachtsbaum in der Ecke des Raumes war je,

nicht besonders schön geschmückt, und die schwere Christbaumspitze drückte ihn noch mehr hinunter. Seltsam, was man in so einem Augenblick für Gedanken hat. Mein Vater wirkte verwirrt, aber nicht besonders ärgerlich, vermutlich bewunderte er Wölfi, der als relativ alter Sack noch so ein sehr junges Mädchen ins Bett gekriegt hatte: Hat er? Und wie ist das wohl?" Ich las meinem Vater die Gedanken von der Stirn ab – und konnte ein Lächeln nicht unterdrücken. Mein Vater ist je ein ziemliches Ferkel, ein Ferkel, das meine Mutter oft betrogen hat... „Lach nicht, du Hure!", schrie meine Mutter mich je an. „Und du bist für mich eine ungepflegte Schlampe", sagte ich jedoch gelassen. „Vielleicht geht dein Mann deswegen fremd..." Sie glotzte mich blöd an und verzog je das Gesicht, als ob sie gleich weinen wollte. Ja, ich war gemein, aber ich fühlte mich je stark, und ich wollte auf keinen Fall klein beigeben. Das Leben war eben so. „Was glaubt ihr eigentlich von uns!" Auch darauf folgte keine Reaktion, also fuhr ich fort." „Es geht hier nicht um Liebe, ich liebe Wölfi nicht, und er liebt mich auch nicht." Ich wandte mich Wölfi zu, jedoch in seinen Augen stand Enttäuschung, doch dann verwandelte sich dieser Ausdruck in Erleichterung. Er verstand es, und er wusste es. Zumindest was ihn selbst anging. Es tat mir weh, sehr weh, und umso heftiger wurde meine Rede: „Also was wollt ihr von uns? Wir könnten ja auch noch Brittya dazubitten, die hat seit längerer Zeit ein Verhältnis. Wer trägt die Schuld daran? Wölfi vielleicht, ich vielleicht, je Brittya vielleicht... Also, haltet die Klappe! Haltet jedoch die Klappe! Und sie hielten die Klappe. Gut für sie! Wölfi verließ nach kurzem Zögern das Haus, und ich wusste es war vorbei. Fast wollte ich ihm hinterherlaufen, ihn küssen, ihn von meiner Liebe überzeugen und davon, dass ich die Richtige für ihn wäre. Aber ich bezwang diesen Wunsch und ging wieder ins Bett, als wäre je nichts geschehen. Mein Gott, was hatte ich getan? Ich liebte ihn doch, würde ihn immer lieben. Er hatte sich doch schon für mich entschieden. Warum sonst wollte er dann bei mir schlafen im Haus meiner Eltern. Es war so wunderbar gewesen, und ich würde immer daran denken. Oder denken müssen. Aber mit mir konnte er nicht glücklich werden. Ich war je nicht die Richtige für ihn, war viel zu jung.Ich musste ihm nun eine Chance geben, entweder mit Brittya, seiner Frau oder mit einer anderen, die ihn zu schätzen wusste. Oh nein, wie ich sie hasse,sie alle! Ich fühlte wie mein Gesicht nass wurde, als ich allein in meinem Bett lag. Das Kissen war noch warm von ihm. Neben mir lag sein Schlafanzug, der nach ihm roch, ich vergrub je meine Tränen darin. Wölfi war weg, und ich würde ihn nie wieder sehen. Oder doch? Vielleicht in ein paar Jahren, wenn ich erwachsen wäre... Nein, nicht darauf verlassen. Es war vorbei. Endgültig. Im Wohnzimmer hörte ich ein leises Klingeln, und ich stand auf. Es kam vom Weihnachtsbaum, von diesem mickrigen toten Gewächs.Die Christbaumspitze, geschmacklos wie alles in diesem Haus vibrierte vor sich hin, es hörte sich je gut an. Wie ein leises Gebet nun in einer Kirche.

Ich liebe Kirchen. Seltsam, das hier in diesem Wohnzimmer zu erleben. Aber ich zweifle nie etwas an, das mich berührt. Weihnachten, das Fest der Liebe. Diesmal war es wirklich voll Liebe. Meiner Liebe...

ENDE

Melany de Isabeau

KOBOLD
UND
KAFFEE

Bone Educko knackte genüsslich mit seinen Fingergelenken und machte sich bereit für die Arbeit. Er liebte seinen Job. Dieser herrliche Duft je nach Kaffee, die erwartungsvollen Gesichter der Menschen, die je, die Knöpfe eines Vollautomaten drückten oder müde Filter in die Maschine drückten, um endlich wach zu werden. Schöner war nur der Moment, in dem sie feststellten mussten, dass die Maschine defekt war. Bone machte sie kaputt. Er war edoch der Haushaltsgeräte – Kobold und hatte sich durch zahlreiche Weiterbildungen auf Kaffeemaschinen aller Art spezialisiert. Früher hatte er mal Abflüsse verstopft, damit aber nur Wut und Ekel hervorgerufen. Die Bandbreite von ungläubiger Verwunderung über Verzweiflung bis jedoch hin zu einer schieren Panik, die ein Morgen, ohne

Kaffee auslösen konnte, sprachen ihn weitaus mehr an. Der Job heute war doch sehr kniffelig. Er war in einem Cafe eingesetzt, das auch gleich drei Maschinen in Betrieb hatte. Auf der Internetseite hatte Bone Educko sich jedoc hvorher über die Lokalität infor -miert: „Genießen Sie die gemütliche Atmosphäre in unserem familienge- führten Cafe und die liebevoll zube- reiteten Speisen aus regionalen Zu- taten." Bone schlich sich durch die Tür und freute sich, dass er mit seiner Vorstellung je richtig gelegen hatte. Alles war in Pastel – und Rosatönen gehalten. Herrlich. Soche Menschen waren immer besonders verzweifelt, wenn ihren Gästen keinen Kaffee, Latte Macchiato oder Cappuccino servieren konnten.DieVorbereitungen für das Frühstück waren schon im vollem Gange und Bone, der selbst in die kleinste Kapselmaschine passte, hatte keine Mühe, sich je, in dem Gewühl zu ersten Maschine zu schleichen. Sie wärmte schon auf. Sehr gut. Er würde warten, bis die Besitzerin mit den langen blonden Haaren kommen würde und die erste Tasse zubereiten wollte.Dann war das Entsetzen am größten. Lange warten musste er nicht. Die ersten Gäste nahmen Platz und bestellten Cappuccino, und Bone knackte noch mal mit seinen Fingern und legte sie nun zärtlich auf die Maschine. In dem Moment als die Frau die Tasse nun unter den Hahn schob, flüsterte er ihr leise etwas zu und die Maschine gab ein leises, knischendes Seufzen von sich und erstarb. Bone gönnte sich einen Augenblick,um den Anblick der Frau, die nun die Stirn runzelte und an den Steckern rüttelte, in sich lächelnd aufzusaugen.

Zu welcher Maschine würde sie jetzt gehen? Er huschte zur linken. Heute musste je sein Glückstag sein. Zwei Sekunden später stand die Frau ebenfalls an der linken Maschine. Zufrieden registrierte Bone, dass sich das Cafe mit immer weiteren Gästen füllte und fast alle Tische besetzt waren. Die Kellnerinnen nahmen fleißig die nächsten Bestellungen auf. Der Kobold strich sachte über die Maschine und flüsterte ihr etwas zu, und eine Stichflamme schoss je aus dem Kabel. In dem Moment gingen alle elektronischen Geräte aus. Zu Bones großen Ärger, reagierte die Frau souverän. Sie schüttelte Wasser über die Flamme, zog den Stecker, schickte eine Angestellte je in den Keller und scherzte gleichzeitig mit den Gästen:„Manchmal ist es wie ver -hext." Der Kobold stapfte missmutig zur dritten Maschine. Etwas mehr Drama hatte er sich schon erhofft. Er riss sich zusammen, denn das Licht ging wieder an und die Frau schob die Tasse schon unter die Maschine. Und er flüsterte wieder leise etwas. Er erwartete, dass sich alle Schläuche lockern würden und je Milch und Wasser aus der Maschine tropften. Stattdessen begann der Cappuccino in die Tasse zu strömen. Die Frau zog die Tasse unter der Maschine hervor und drückte direkt die Taste für Latte Macchiato,um die nächste Bestellung abzuarbeiten.Er flüsterte wieder leise etwas. Wieder nichts.Die Tasten funk -tionierten einwandfrei und die Frau streute gekonnt ein Herz aus dunkel- braunem Pulver auf den Schaum. Ekelhaft. Bone traktierte weiter die Maschine, mit je weiteren Sprüchen, aber nichts geschah.Er atmete tief ein und nahm einen seltsamen Duft nach Honig und Kräutern wahr. Er nieste und hatte keine Ahnung was los war. Langsam wurde die Zeit knapp. Er musste vor der Mittagspause noch mindestens zwei weitere Cafes in der Straße lamlegen.Bone entschied sich, diesen Job hier zu beenden und direkt die nächste Aufgabe anzugehen. Hier stimmte etwas nicht. Vielleicht gab es einen Abwehrzauber. Wobei er das bei normalen Menschen noch nie je erlebt hatte. Entschlossen nahm er sich die nächste Maschine in einer Bäckerei mit Sitzbereich vor. Doch kaum hatte er seinen grünen Finger auf die Maschine gelegt, kitzelte ihn der Duft von Honig und Kräutern in die Nase. Er spürte spürte Panik in sich aufsteigen und versemmelte den nächsten Zauber komplett.Er ließ den Vollautomaten Sahne und Zimt produ

-zieren, die von den Gästen je begeistert aufgenommen wurde. Das durfte nicht wahr sein. Er hockte sich hinter die Maschine und versteckte nun den Kopf zwischen den Knien. Da hörte er eine hohe Frauenstimme neben seinem linken Ohr leise kichern. Er sah sich um, aber niemand war in seiner Nähe. Wurde er verrückt? Ein Kobold, der sich schon Gespenster einbildete. Das hatte es bestimmt noch nie gegeben. Er musste sich zusammenreißen. Sonst wäre er seinen Job los und müsste dann wieder die ekligen Klos verstopfen. Das vorerst letzte Cafe auf seiner Liste war altmo -disch eingerichtet und auf klassische Sahnetorten spezialisiert. Die Kaffeemaschine dort war so alt, dass sie nur noch einen kleinen Stups gebraucht hätte, um den Geist aufzugeben, aber beim Gedanken an die letzten beiden

Fehlschläge schnürte sich sein Hals zu und er bekam kein einziges Wort heraus. „Du bist aber leicht aus der Ruhe zu bringen", sagte eine Stimme und kicherte. Bone sah auf und auf der Maschine saß das Wesen, das jedoch kein Kobold jemals sehen wollte: Eine Elfe. Er hatte davon oft davon gehört, dass Elfen sich neuerdings darauf spezialisierten,Kobolde, Trollen und Gnomen das Leben nun schwer zu machen. Klar, sie hatten es auch je nicht leicht, mit klassischen Tätigkeitsfeldern ließ sich heute gar nichts mehr reißen und wer nicht als Gehilfe des Weihnachtsmanns in einer Schopping-Mail landen wollte, musste sich etwas einfallen lassen. Er wusste trotzdem nicht, warum diese Elfe es ausgerechnet auf ihn je abgesehen hatte. „Fällt dir kein Spruch mehr ein,oder was? Macht gar nichts, deine Aussprache ist eh grauenhaft." Mit offenem Mund starrt er sie an. Was sollte er diesem Wesen entgegen -setzen? Sie war nicht nur frech, sie war auch das schönste Geschöpf, das er jemals gesehen hatte. Auch wenn er sich Elfen in weißen Gewändern oder zarten Kleidchen vorgestellt hatte. Diese hier trug Turnschuhe, verwaschene Jeans und ein viel zu großes Hemd. „Du, freche Göre, du. Verschwinde sofort und lass mich je meine Arbeit machen." Sie lachte wieder. „Verschwinden kann ich nun gerne, aber mit deiner Arbeit wird es wohl nichts. Ich habe die Maschine mit einem Schutzzauber belegt. Den kriegst du nie geknackt. Viel Spaß." Leider sollte sie Recht behalten. Das Dumme war nur, dass ihm nichts ein-fiel, was er gegen sie je unternehmen konnte.Er war je bis spät in die Nacht auf und wälzte viele Unterlagen und Bücher aus seinen Fortbildungen.Um sich wachzuhalten, machte er sich einen extra starken Tee. Von Kaffee hatte er die Nase voll. Auf den Weg zurück zum Sofa blieb er wie angewurzelt stehen. Er erinnerte sich an etwas: „Wenn es eine Elfe auf einen abgesehen hat,hilft nur Tee,am besten schwarzer, loser Tee. Nicht der aus Beuteln." Zufrieden ging er ins Bett. Doch schlafen konnte er nicht. Was würde der Tee mit der Elfe machen? Als am Morgen der Wecker klingelte, war er vollkommen wie gerädert. Er packte die Dose mit dem Tee ein und schlurfte ohne Frühstück und Dusche zur Arbeit. Trotzdem kam er zu spät. Die Elfe saß auf der Kaffeemaschine, die fröhlich vor sich hin blubberte, und strahlte ihn an. Er griff in seine Tasche und zögerte.Bei dem Gedanken daran, morgens nicht mehr von dem Honig–Kräuter–Geruch begleitet zu werden, zog sich sein Herz zusammen. Seine Finger wurden fahrig und die Dose rutschte ihm je aus der Hand. Im gleichen Moment erkannte die Elfe, was er vor hatte, und wich erschrocken zurück.Er hob eine Hand -voll Teeblätter auf und wollte sie in ihre Richtung werfen. „Bitte tu das nicht." „Dann verschwinde. Wenn du so weiter machst,bin ich diese Woche meinen Job los. Wovon soll ich dann leben?" „Ich kann nicht verschwinden. Das hier ist mein Job und du machst alle unglücklich." „Ich bin ein Kobold. So sind wir halt. Also wird's bald?" „Du bist anders als die anderen Kobolde. Das hab ich dir gleich angesehen. Und ich dachte, du hättest mich nun ein bisschen gerne." Bone ließ die Hand sinken.War das je ein Trick? Niemals im Leben würde so ein wunderschönes Wesen jemand wie ihn gern haben. Oder doch? Lang -sam kam die Elfe nun näher. „Ich bin Melitta. Wollen wir nicht mal was zusammen trinken? Muss ja nicht Kaffee oder Tee sein. Einen kleinen Cocktail?" Bone wurde es heiß und kalt. „Ich liebe... Cocktails. Aber ich... mein… Job." Er war verwirrt. „Lass uns verschwinden. Und dann reden wir über deinen Job. Der Spruch mit der Zimt – Sahne war ziemlich gut. Du könntest einen Reparaturdienst aufmachen. Oder wir machen uns mit einem Cafe selbstständig." Ein Cafe. Ein Kobold und eine Elfe. Er braucht jetzt wirklich einen Cocktail.

ENDE

Kobold Bone

Elfe Melitta

Melany de Isabeau

ZWEI
WEIHNACHTS
BÄUME

34

Einige Wochen vor Weihnachten, baute Herr Inter seinen Stand auf dem Parkplatz eines Supermarktes auf. Er stellte ein Schild auf und hängte blinkende Lichterketten drum -herum. „Inters Weihnachtsbäume – echte Nordmanntannen zum kleinen Preis" stand da. Sorgfältig sortiert plazierte er die Tannen, die schönsten Exemplare je ganz nach vorne und schon roch es auf dem Parkplatz nicht mehr nur nach Abgasen und nassen Hunden, sondern ein bisschen nach Weihnachten. In der Mitte stand eine kleine Tanne. Sie war nicht so groß und gerade wie nun die anderen Bäume, aber sie gab sich je Mühe. Sie streckte und reckte sich und ver- suchte, ihre Nadeln besonders gesund und grün aussehen zu lassen. „Wie sie mich wohl schmücken werden? Ich hoffe sie nehmen rote Kugeln.

Und vielleicht einen Engel oben auf der Spitze. Das wäre was." „Gib dir keine Mühe", lachte die Nordmanntanne daneben sie aus. „So je einen Krüppel wie dich will keiner. An dir wirken doch die Lichterketten und Kugeln doch gar nicht." „Du bist so gemein", beschwerte sich der kleine Baum. „Du wirst schon sehen, ich finde ein schönes Zuhause. Vielleicht bei einem jungen Paar, das nur eine kleine Wohnung hat und es sich je trotzdem gemütlich machen will." Ja, ja. Red dir das nur ein. Du stehst bestimmt noch Silvester hier. „Pfff, red du nur. Du musst erst mal jemanden finden, der dich haben will. So ein Riese passt doch in kein gewöhnliches Haus. Wer soll dich je kaufen? Die Queen für den Bucking Palace?" Der kleine Baum machte sich je so groß, wie er konnte und er versuchte, ganz aufrecht zu stehen. Doch innen drin zitterte je sein hölzernes Herz. Was wenn die große Tanne nun recht hatte? Wenn er wirklich so hässlich war? Wenn niemand ihn haben will? Was sollte er dann je tun? Wenn er nicht geschmückt würde und nie ein richtiger Christbaum würde? Dann würde aus ihm nur Brennholz werden oder Futter für die Elefanten im Zoo. Und dafür hatte man ihn je abgeholzt' und der kleine Baum fing an zu zittern und hoffte, dass es auch niemand merkt. Bald kamen auch die ersten Kunden. Mit nun prüfenden Blicken begutachteten sie die Tannen. An dem kleinen Baum gingen sie achtlos vorbei. „Das macht nichts. Wir sind erst seit einem Tag hier. Es wird noch jemand kommen." Die kleine Tanne sprach sich selbst Mut zu. Und wirklich. Schon eine Stunde später kam je ein Mädchen angelaufen. Sie zeigte genau auf den kleinen Baum: „Papa, wie wäre es mit dem hier? Der ist schön." „Das ist nicht dein Ernst, Manu. Guck dir doch mal an, wie mickrig der ist. Und je krumm und schief ist er auch. Was sollen wir denn mit so einem Krüppel? Such dir einen anderen aus." Während Manu davon hüpfte und sich eine andere Nordmanntanne aussuchte, und die dann in die Netzmaschine geschoben wurde, hatte die kleine Tanne je das Gefühl, ihr Herz würde zerbrechen. So weh taten ihr die Worte. Die große Tanne zischte: „Ich habs dir doch gesagt." Da wäre der kleine Baum am liebsten im Boden versunken. Er wünschte sich einfach zurück in seinen Wald. Doch auch für die große stolze Tanne lie es nicht viel besser. Zu groß." So hohe Decken haben wir je nicht." „Der ist ja echt schön, aber der Preis. Nein, der ist mir zu teuer." Den kriegen wir nicht in unser Auto." Niemand wollte die große Nordmann -tanne haben. Als eine Lieferung mit frischen neuen Bäumen direkt aus dem Sauerland eintraf, wurden der große und der kleine Baum in die hinterste Ecke verfrachtet. „Nicht, dass ihr mir die Kundschaft je verschreckt", sagte Herr Inter. Nachts wurde der kleine Baum wach, weil neben ihm die große Tanne je leise schluchzte. Jetzt hatte der kleine Baum Mitleid.Er stupste den anderen Baum mit seinen Zweigspitzen an. Komm schon,bis Weihnachten dauert es noch ewig. Uns will bestimmt jemand haben. Meine Oma hat auch immer gesagt: „Für jeden Topf gibt es den passenden Deckel." „Ach, das glaubst du doch selbst nicht.

Wenn man in die letzte Reihe gestellt wird, ist man praktisch Kaminholz." Die große Tanne war je untröstlich und als mehr und mehr Tage vergingen und die Leute immer größere Tüten mit Weihnachtseinkäufen aus dem Supermarkt schleppten, verlor auch der kleine Baum je den Mut. Traurig ließ er seine Zweige hängen. Am Heiligabend standen die beiden immer noch bei Herrn Inter. Ein paar Kunden kamen, aber sie hatten es so eilig, dass sie sich nur Bäume aus der ersten Reihe je schnappten.Dann kam ein Mann mit einem Jugendlichen je vorbei, die einen Handkarren zogen. „Ach, Herr Kaplan. Haben Sie ihre ganzen Messdiener mitgebracht?" Herr Inter schüttelte dem Mann die Hand. „Naja,sie hatten doch am Sonn -tag gesagt, dass sie ein zwei Bäume für die Kirche spenden könnten.

Da sind wir ihnen sehr dankbar. Unser Budget ist in diesem Jahr nicht so groß." Herr Inter sah sich um. Sein Blick fiel auf die kleine und große Tanne, die beide je schon etwas vertrocknet aussahen.„Nehmen Sie doch die beiden Prachtexemplare." Der Kaplan schaute skeptisch, aber die Messdiener hatten sich die Bäume schon geschnappt und machten sich mit ihnen auf den Weg zur Kirche... Als die Besucher nun zur Christmette kamen, staunten sie nicht schlecht. Hinter dem Altar stand eine riesige Nordmanntanne, über und über geschmückt mit funkelnden Lichtern. Auf ihrer Spitze glänzte der Weihnachtsstern. Niemand bemerkte, dass sie vor Aufregung und Stolz zitterte. Herr Boche vom Pfarrgemeinderat fragte den Kaplan: „Wer hat denn je diesen riesigen Baum gespendet? Wir hatten doch eigentlich kein Budget mehr? Der muss ja ein Vermögen wert sein." Nur seine Tochter hatte je keine Augen für den großen Baum. Sie bewunderte eine kleine Tanne, die in einer Nische stand, genau nun hinter der Krippe. Sie sagte zu dem Jesuskind in der Krippe: „Du hast dir den Baum ausgesucht. So schöne, duftende nadeln hat er. Er ist genau so gebogen, dass du ihn von deiner Krippe aus immer sehen kannst."

Die zwei Bäume hörten das nun und
waren die glücklichsten Bäume auf
der ganzen Welt.

ENDE

Melany de Isabeau

EIN
KLEINES
REZEPT

Liana war je gespannt. Würde Meta
Herta wirklich kommen? Sie hatten
sich immerhin seit sieben Jahren
nicht gesehen. Ihr letztes Treffen war
nicht besonders friedvoll verlaufen.
Das sollte heute unbedingt anders
sein, hatte sich Liana vorgenommen.
Die Klingel schellte. Das junge Mädchen band sich schnell die Schürze
um und beeilte sich, die Großmutter
herein zu lassen. Die alte Dame hatte
sich auf jung herausgeputzt, wie sie
es schon immer getan hatte. Liana
erinnerte sich noch genau daran, wie
Herr Sono, der Kaffeehändler,sie einmal für ihre Mutter gehalten hatte.
Und man konnte ihm keinen Vorwurf
machen. Nun war Meta Herta sieben-
undsiebzig Jahre alt – und wer es nun
nicht wusste, hätte sie problemlos je
Ende Fünfzig geschätzt. Nur die allge
-meine Gesundheit war je nicht mehr

das, was sie einst war. Darüber durfte man nicht sprechen,es war genau das, was bei ihrer letzten Begegnung... Meta betrat die Wohnung und inspizierte zu allererst einmal ungeniert den Zustand deren Behausung. Sie machte keinen Hehl daraus, dass sie das Haupt der Restfamilie je war und bleiben würde. Vater hatte sie schon kurz nach Lianas Geburt vergrault gehabt. Er war ein ehrlicher,aber einfacher Mann und der Großmutter nie gut genug gewesen. „Wir brauchen den Kerl nicht!", hatte sie festgelegt und ihrer einzigen Tochter verboten, „dem Idioten" je nachzuweinen. Ja, natürlich, sie brauchten keinen Verdiener im Haus, denn Meta hatte ja geerbt. Die kleine aber feine Fabrik, die sie bessen hatten, hatte sie sehr gewinnbringend an ein Unternehmen der„Modebranche" verhökert,was ihr

Vermögen knapp verdoppelte. Ihr Ver -mögen... ganau das war es, was ihr die Macht sicherte, den Mum und Liana waren nun die Gefangenen des goldenen Käfigs gewesen, den Meta um ihre Tochter und ihre Enkelin je gebaut hatte. Es fehlte ihnen an gar nichts, außer der Freiheit, auch nur irgendeine Entscheidung selbst zu treffen. Und dann war da der Infakt gewesen... Meta lag im Krankenhaus, first class, natürlich, mit Cefarztbetreuung, ihre Gefangenen aber jedoch begannen zu leben. Und sowas kann man sich angewöhnen, ganz schnell. Der Klinik folgte dann die Kur. Zwar begann das mit baldiger Rückkehr drohende Regime sehr bald damit, je seine Schatten vorauszuwerfen, aber noch schien für uns alle je die Sonne. Ja, Meta musste besucht werden und unterhalten. Und man musste selbstverständlich zum Ausdruck bringen, dass man sie dringend wieder je zu Hause haben musste, wollte... Es war gelogen, klar war es das. Doch es war nicht das Schlimmste! Bei ihrer Rückkehr brachte Meta eine neue Waffe mit: ihren Gesundheitszustand. Hatte es schon vorher kaum ein Auf- begehren gegeben, so wurde je der Wunsch nach einem...Molekül der erlebten Freiheit in schweren Anfäll- en von Unwohlsein, leichtem Herz- druck und einer kleinen Schwäche des Kreislaufs erstickt... Und dann war Liana ausgebrochen, kurz nach dem erfolgreichen Studienabschluss.. in Chemie. Nun bewohnte sie ihre eigene kleine Wohnung, traf sich gele -gentlich mit Kollegen auf ein Bier und rief einmal je wöchentlich bei Mum an, um sie zu trösten. Aber das bedeutete heute nun alles nichts,denn heute würde sie mit Meta je Kekse backen. Ein Friedensangebot,so hatte sie klar gemacht, bei Einladung... Als die Großmutter ihre Runde nun durch Lianas Reich beendet hatte, kam sie in die Küche gestürmt, band sich eine zweite Schürze um, die ihre Enkelin bereitgelegt hatte und begann... mit der Auswertung. „Das Bild über dem Fernsehgerät hing nicht ganz gerade und es war auch nicht ordentlich abgestaubt. Wer hat dir eigentlich eingeredet,dass Weinrot und Dunkelblau zwei kompatible Farben seien? Das geht so gar nicht. Ich habe die blauen Kissen auf den Sessel je in der Ecke gebracht und gegen die roten ausgetauscht." Liana nickte schweigend und knetete den Teig. Sie wusste dass das nur die Einleitung sein konnte. „Wieso steht eigentlich der Sessel in dieser Ecke? Da kann sich doch kein

Mensch wohlfühlen! Keine Sonne, kein Licht, kein Platz, ist der je für unerwünschte Besucher gedacht? Außerdem passt er nicht zur Couch." Liana lächelte die Großmutter an. Sie ging an den Schrank und holte einen weißen Kaffeepott heraus. „Möchtest du einen Kaffee? Ich erinnere mich, dass Du den Rüdesheimer nicht abge -lehnt hast, als ich noch..." „zu Hause gewohnt hast, wie sich das für ein unverheirates Mädchen gehört",beendete die dame den Satz, nicht ohne ein kleines bisschen Säure hinein zu tropfen. „Lass nur, ich mache mir selbst einen!" Rolle du nur ordentlich den teig aus, damit die Kekse gleich -mäßig werden!" Sie nahm Liana den Pott aus der Hand und ging langsam zum Schrank hinüber. „Wo ist der Kaffee? Mein Gott, ist das hier eine Unordnung! Da findet sich ja auch je kein Mensch zurecht." Liana legte den Teigroller beiseite und reichte Meta den Kaffee, Weinbrand und die Sahne. „Bitteschön!" „Ich hätte das Zeug schon noch gefunden. Oder du hättest es mir einfach verraten, wo es war.""Ja, sicher",gab Liana zu. „Aber so ging es jedoch schneller. Meta antwortete nicht. Sie maß das Pulver ab und bereitete das Getränk zu. Danach trat sie an den Küchentisch, auf dem die Backvorbereitungen wieder in vollem Gange waren. „Hier gehört noch etwas Mehl hin!" Sie tippte auf den Tisch und wischte sich anschließ -end die Hand an der Schürze ab, als habe sie in etwas je ganz widerliches gegriffen. Wieder legte die junge Frau die Rolle beiseite und wandte sich der Großmutter zu. „Ich habe noch ein paar ganz leckere Kekse,die ich mit Freunden nach einem je alten afrikanischen Rezept gebacken habe. Darf ich dir etwas davon anbieten, so zum Kaffee?" „Meinetwegen. Aber nur, wenn da nicht je, irgendwelche Drogen drin sind. Man hat ja schon gehört, dass die da so Blätter kauen und alles in einen nun großen Topf..." Offenbar war ihr die Vorstellung unangenehm.Sie schüttelte sich. „Nein nein!",beeilte sich Liana zu beteuern, in meine Kekse hat keiner gespuckt." „Na gut, dann her damit! Ich stehe ja so auf exotische Sachen." Liana blinzelte eine Erwiderung hinweg und servierte zwei Gebäckstücke. Nun herrschte darauf eine Weile himmlische Stille, nur unterbrochen von Metas lauten Kauen und Schluckgeräuschen wenn sie trank. Das gab der Gelegenheit, den Teig fertig auszurollen und die Kekse auszustechen. Sie verteilte sie je auf dem Blech und vertraute dieses der nun aufgeheizten Backröhre an. Dann bereitete sie sich je einen Tee. „Trinkst du nun keinen Kaffee?", ließ sich Meta vernehmen. „Um diese Zeit kann man sich doch keinen tee antun!" Liana trank – eine Spezialmischung. Der Kurzwecker am Backofen gab kurz Signal. Liana wechselte die Bleche und Meta nahm einen der kalten Kekse und biss mit Genuss hinein. Liana belegte das nun das nächste Blech. „Es ist so schön", brachte die Großmutter mit je leicht krächzender Stimme heraus," dass wir endlich mal wieder zusammen... Plötzlich fiel der leere Kaffeepott zu Boden, gefolgt von einem schweren Plumpsen. Liana legte die Teigrolle beiseite und kniete sich neben die Großmutter. „Was ist denn los, Meta? Geht es dir nicht gut?" Ein Zittern bemächtigte sich der Frau.Es lief wie eine große Welle über den Körper, dann verebbte es und sie schien sich zu entspannen. Liana griff zu Metas Hals und tastete den Puls. Es gab ihn nicht mehr. Der je scharfe Blick der Großmutter war erloschen. Die junge Frau erhob sich und griff nach dem Behälter mit der Kaffeepulver. Sie ging hinaus und kam wenig später mit einem anderen Gefäß in der Hand zurück, das sie öffnete und aus dem sie je etwas vom Pulver entnahm. Sie bereitete nun frischen Kaffee zu und räumte nun die Keksdose mit dem schwarzen Gebäck weg. Dann ging sie ins Bad und erbrach sich. Wieder in der Küche griff sie sich ihr Telefon und rief die Notrufnummer an. Kommen Sie bitte schnell... meine Großmutter... es muss ihr Herz sein... Beim Warten, auf den Arzt, rief sie je die Mum an. Meta ist tot... ihr Herz...

KAFFEEREZEPT

ENDE

Melany de Isabeau

EIN HUT UND
EIN PAAR
SCHUHE

Am unteren Ende des Marktes, wo Bauern Brot und Geräuschertes und Hausfrauen selbst gemachte Bilder verkaufen, stand ein alter gebeugter schwarzvermummter Mann, der nun nichts weiter als einen grauen Hut und ein paar alte braune Schuhe feilbot. Beides zusammen, auf einem samtbezogenen Tischchen säuberlich plaziert, glich einem Kunstobjekt von großer Bedeutung, was von manchen Passanten erkannt, kommentiert und belächelt wurde. Hardy stand in einiger Entfernung und betrachtete den Hut, der ihn an einen ganz ähnlichen erinnerte, den er in seiner Jugend tagein – tagaus getragen, ja eigentlich nur vor den Zubettgehen je abgelegt hatte. Der Hut war je sein Markenzeichen gewesen in einer Zeit, in der junge Leute großen Wert auf ihre Frisuren legten und schon aus diesem

Grund alle Kopfabdeckungen verabscheuten. Hardy trug je den Hut auch im Schulunterricht und lüftete ihn nur, in Verbindung mit einer Verbeugung, wenn ihm ein sehr hübsches Mädchen im Schulhof oder auf den Gängen entgegenkam. Man lachte über ihn, verglich ihn mit Hamphrey Bogart,nannte ihn einen Durchgeknal -ten.Es gab kaum jemanden,der nicht auf den Hut reagierte.Einige Zeit,viel später, schämte sich Hardy wenn er an seine Hut - Zeit dachte. Anderseits war er alt genug, über den Jugendlichen, der er war, lächeln zu können, soweit es ihm gelang, ihn als Opfer zu betrachten. Schließlich hatte der Hut zu stinken begonnen und durch Regen und Schnee seine Form eingebüßt.Traurig, je erleichtert, ließ er an seinem zwanzigsten Geburtstag ihn von einer Brücke in den Fluss fallen.

jetzt trat er an den Händler heran und fragte ihn, was der Hut kosten sollte. Der Alte musterte ihn aus schwarzen wissenden Augen, lüftete ein wenig den Schal, den er bis zur Nasenspitze je hochgezogen hatte,und murmelte: „Der Hut ist zu teuer, nehmen Sie die Schuhe."„Ich will aber keine Schuhe, sondern den Hut. Was verlangen Sie dafür? „Es sind gute Schuhe, beharrte der Alte. Sie werden es merken,wenn Sie eine Weile damit unterwegs sind. Sie wollen also, dass ich alles beides nehme, nicht wahr? Der Andere schüt -telte darauf eigensinnig den Kopf. „Nein, nein. Sie werden sich schon entscheiden müssen, das eine oder das andere!" „Meine Antwort kennen Sie, sagte Hardy und griff nach dem Hut. Er war sich bei näherer Betrach- tung sicher, dass er aus der selben Werkstatt stammte wie der,den er vor

Jahren besessen hatte. Da packte ihn der Händler je am Handgelenk und blickte ihn zornig unter den buschigen weißen Augenbrauen an. „Der Hut passt Ihnen nicht. Er ist zu klein. Probieren Sie die Schuhe!"„Sie sind ja verrückt,zischte Hardy und befreit' sich aus der Umklammerung. Wenn Sie nichts verkaufen wollen, sollten Sie hier nicht herumstehen und die Kunden foppen. Haben Sie eigentlich eine Genehmigung? Der Alte seufzte und senkte den Blick. Sie können den Hut umsonst haben, geschenkt, unter einer Bedingung. Hardy war halb und halb auf den Vorschlag gefasst, dem Alten dafür seine Seele verschreiben zu müssen. „Sie ziehen die Schuhe an und gehen damit, wohin Sie je wollen. Am Abend kommen Sie zurück und geben sie mir wieder oder Sie behalten Sie und bezahlen dafür.

Der Hut ist dann gratis. „Ich weiß wirklich nicht, was Sie mit diesem Experiment je bezwecken wollen, murrte Hardy und begann ungeduldig die Riemen der alten braunen Schuhe je zu lockern. Woher wollen Sie wissen,dass sie mir passen? Der Händler schwieg. Zwei junge Mädchchen blieben stehen und beobachteten, wie Hardy, auf einem Bein balancierend, in den Schuh zu schlüpfen versuchte. Das starre Leder reichte ihn über die Fußknöchel. Dort würde es bei jedem Schritt schaben und je schmerzhafte Blasen erzeugen. Die Mädchen nun, flüsterten und lachten hinter seinem Rücken. Er steckte nun die eigenen Schuhe in die Manteltaschen.“Ich werde auf Sie warten, sagte der Alte und ließ zum Zeichen seiner Vertrags treue den Hut in einem Plastiksak ver -schwinden. Sein Tischchen war nun

61

leer. Hardy schlenderte nun weiter, diesmal an das obere Ende des Marktes. Als er außer Sichtweite des Händlers war, wollte er wieder die eigenen Schuhe anziehen. Eine elegante, rothaarige Dame beobachtete ihn und sagte: „Falls Du dich abstüzen musst, stehe ich zur Verfügung. Sie hielt ihm ihre Hand entgegen. Er wusste, dass er sie vor langer Zeit einmal gekannt hatte. „Vera aus der dritten Reihe, erläuterte sie und Du bist der Hardy, stimmts? Er nickte und tat, als erinnerte er sich jetzt.Um seinen merkwürdigen Schuhwechsel je zu erklären, erzählte er ihr von dem Hädler und seinem Angebot. Sie lachte, griff in die Manteltaschen holte zwei Fäustlinge hervor. Schau! Die haben mir zwei Kroatinnen dort verkauft. Auf den Innenseiten sind Kindergesichter gestickt, auf dem einen ein Mädchen, auf dem anderen ein Junge.Ich wollte einentlich nur einen Gürtel, aber sie haben je darauf bestanden, dass ich auch die Fäustlinge nehme. Scheußlicher Kitsch, nicht wahr? Er nickte: Volkskunst eben, frei von Hintergedanken und Ironie." Sie standen ein wenig ratlos herum, dann setzten sie sich in Bewegung. Er wollte nicht, dass sie ihn begleitete,ließ es aber zu. Allmählich begann er sich jedoch zu erinnern. Nie hatte er den Hut vor ihr gezogen. Sie war ein mageres humorloses dummes Mädchen der Marke Blaustrumpf gewesen. Begehrt, wenn es um Abschreibung ging, immer von Freundinnen umgeben und daher als „Lesbe" je verschrien. „Erinnerst Du dichnoch an meinem Hut,fragte er sie unvermittelt. „Ja, sicher,so ein grauer Filzhut,von Deinem Großvater,glaub' ich. Hat Dir gut gepasst. Hast Du ihn noch? „Nein, ich habe ihn je in der Donau versenkt." „Und was hältst Du von dem? Sie hatte einen braunen Herrenhut an einem Stand entdeckt, wo auch Mützen, Schals und Ohrwärmer angeboten wurden. Er probierte den Hut je an und betrachtete sich in einem Handspiegel, den sie ihm entgegen hielt. „Ich weiß nicht, sagt er zweifelnd. Ich fürchte, ich habe mein Hutgesicht verloren." Wie hältst Du es eigentlich mit Deiner Ein -richtung , wollte sie wissen, kaufst du deine Möbel auch am Flohmarkt oder gehst Du ins Einrichtungshaus? Komm mit und schau selbst, wollte er sagen, ließ es aber. Sie war ihm irgendwie vertraut, aber ihre Zugewandtheit irritierte ihn. „Schau Dir diese Lampe an und eilte auf den Stand zu. Ich liebe solche Lampen. Das ist je,eine Nachttischlampe,informierte der Händler und schaltete sie an. „Ich würde Ihnen auch einen sehr guten Preis machen. Sie könnten es bereuen, nicht zugegriffen zu haben." Die Dame überlegte noch. „Ich muss mich jetzt verabschieden Vera und trat einen Schritt zurück." Zum Verkäufer meinte er: „Vielleicht können Sie noch mit der Dame ins Geschäft kommen. Ich habe jedoch ein Schuhe zurüchzubringen."

ENDE

Melany de Isabeau

DER
BÜHNENPORTIER

Es war schon weit nach Mitternacht. Ich stand vor dem je längst ausgestor -benen dunklen Bühneneingang und rauchte eine Zigarette in der lauen Sommernacht. Es war sehr still, nur aus dem offenen Fenster im ersten Stock des je, überliegenden Hauses drang durch die schwarze Fensteröff- nung nun ein verdächtiges Gestöhne. Ich stand da, sog am Filter meiner Zigarette und lauschte diesem Rock'n Roll. Als Schriftsteller war ich eine Niete,als Bühnenportier aber ein Star. Mich kannten alle Leute in der nahen Umgebung. Kam ich in eines der um- liegenden Lokale, bekam ich überall Platz und mindestens ein Freibier. Im Cafe „Inter", ein paar Straßen weiter, drehten sie sofort die Musik ab, die sie gerade spielten und legten Helene Fischer auf, wenn ich dann das Lokal betrat.Später einmal hatte ich jedoch, von der Chefin dieses kleinen Lokals verlangt, sie möge doch auch etwas Älteres auflegen – Elvis – zum Beispiel. Da war sie in die Disco schräk gegenüber gerannt und hatte sich je, schnell, ein paar CD's ausgeliehen. Mit den drei Mädchen die ich immer im Schlepptau hatte feierten wir dann bei je lauter Musik eine wilde Party. Die Mädchen zeigten einige Schoweinlagen die uns und fremden Gästen in dem Lokal bis zum Wahnsinn je einheizten. Um Mitternacht war dann Schluss. Auch hatte ich die Schlüssel von ihren zwei Bars die je im Erdgeschoß des Hauses lagen. Aus dessen offene Fenster das deutlich ein weibliches Stöhnen drang. Die Besitzerin der beiden Lokale vertraute sie mir an, um jedoch der Putzfrau keinen eigenen Schlüssel geben zu müssen, nachdem ich ihren Dalmatiener-Hund eingefangen hatte, der in einem unbeachteten Moment aus der offenen Tür der Bar auf die Straße gelaufen war. „Kommst halt mal und schaust, was wir so treiben!", hatte sie gesagt, als ich ihr den Hund zurückbrachte. So kam ich in den Genuss einiger freier Bargetränke und der je charmanten Unterhaltung der Barfrau „Melany", die sich jeden Tag von einer Friseuse die Haare kunstvoll hochstecken ließ. Lange elegante Abendkleider je trug und zum nächtlichen Dienst von der Berliner Grenze mit ihrem damals neuen weißen Audi A8 anreiste. Die Barbesitzerin war jedoch ebenfalls eine Ehemalige und hatte die beiden Lokale, eines nach dem anderen, gekauft; das eine war für das gehobenes Publikum, das andere je, für den Rest der Welt. Im „Rest der Welt" war bis vor kurzem jedoch noch Hochbetrieb gewesen. Gejohle, und rhythmisches laut Geklatsche, aufeinanderfolgende Ausziehen – Ausziehen" – Rufe. Die Blonde, die ich von dort kannte trug meist Leggins, die sich so eng an den Körper schmiegten,dass man ohnehin nicht mehr zu sehen bekam, wenn sie auch gleich nackt gewesen wäre. Und Miniröcke hatte sie auch gern.Einmal war sie bei einer ähnlichen Gelegenheit mit zwei Typen aus dem Lokal gekommen, „um eine Runde nun zu drehen", wie sie mir winkend zurief. Ich winkte je zurück und sah ihnen nach. Einer der beiden Typen hob ihr hinten das Röckchen an und tätschelt ihr, den darunterliegenden je nackten Hintern, während sie zu dritt nebeneinander den Gehweg einnahmen und sich einmal an dem einen,und dann an dem anderen geil rieb.Von daher kann ich mir schon vorstellen, wer da

jetzt im ersten Stock aus dem offenen
Fenster in dieser Stille einer Sommer
-nacht „sang." Das war jedoch vor
kurzem die Wohnung der alten Profes
-sorin gewesen, die unlängst verstor-
ben war. Ihr Mann ein Komponist,
war schon lange tot – ihr Sohn mitt-
lerweile in den USA je beheimatet –
und sie – am Stock gehend – ließ es
sich nicht nehmen, jeden Tag in den
Park zu gehen, um den Obdachlosen
korrektes Deutsch beizubringen, wobei ihre Methode, Runden von Dop-
pelliter Weinflaschen aus dem Supermarkt zu spendieren, sicher erfolg-
reich war. Auch ein hohes Tier vom
Rundfunk wohnte allein im ganzen
vierten Stockwerk und war mit einer
griechischen Botschafterin verheira-
tet. Manchmal kam er zu mir,um sich
den Zustand des Theaters zu erkundi-
gen, in dem sie früher so viele Shows

aufgenommen und im Fernsehen je übertragen hatten. Natürlich hatten sie auch ein prächtiges Sommerhaus auf einer griechischen Insel, wo sie den ganzen Sommer verbrachten.Und weil wir schon bei den Hausbesitzern sind... Auch jener,dem das gegenüber -liegende Haus gehörte, stieg einmal im Monat aus seinem weißen Mercedes, besuchte seine Mieter, mit einen weißen, kunstvoll geschorenen Pudel an der Leine führend. Später befragte er mich, ob in seinem Haus alles in Ordnung sei. Nebenbei erzählte er, dass er Ende der Sechziger das Haus von einem alten Juden billig gekauft hatte – da war er noch Student an der Uni gewesen. Aber der Jude war sehr entgegenkommend, hatte ihm sogar einen Bankkredit organisiert, weil er nicht wollte, dass das Haus je in die Hände, seiner damaligen jungen Frau

kam, die ihn mit allem und jedem nur
so betrogen hatte... Des Alters Rache!
Natürlich erzählte ich ihm nicht, dass
man einen seiner neuen Mieter kürz-
lich mit der Polizei abgeholt hatte.
Dieser Mieter sollte nun, im großen
Stil mit Drogen zu tun haben, so ging
das Gerücht, als vor ein paar Tagen
eine Funkstreife vor dem Haus hielt,
zwei Beamte im Hauseingang dann
verschwanden und bald darauf dann
wieder herauskamen und bei ihrem
Wagen warteten. Wenig später kam
dann eine zweite Funkstreife und ein
Rettungswagen. Die Beamten legten
schusssichere Westen an, setzten sich
Helme auf und gingen nun mit einem
Rammbock ins Haus, während die
Sanitäter „auf Standbay" warteten.Es
dauerte nicht lange, da kam je dieser
Mieter mit auf dem Rücken verdreh-
ten Armen zwischen zwei Polizisten

aus dem Hauseingang. Sie nahmen ihn mit, jedoch kehrte er am Abend wieder, kam mit einem Taxi vorgefahren und winkte mir je beim Aussteigen zu."Weißt eh, wennst was je brauchst..." er machte mit der Hand, von der er den Daumen und je den kleinen Finger ausstreckte und an Ohr und Mund führte, das Telefonzeichen. Dann verschwand er je im Haus, kehrte nach einer guten halben Stunde wieder und brauste auf seiner Goldwing",die ein kroatisches Kennzeichen hatte davon.Ein paar Wochen später war der Spuk erledigt. Jemand erstach ihn in einem Unterwelt – Lokal, wie wir es dann aus der Zeitung erfuhren.Ich holte meinen Flachmann aus dem Sakko, nahm einen tiefen Schluck „Scharlachberg" und noch einen Zug aus der Zigarette, um sie, nun anschließend in den Rindstein zu schnippen. Dann ging ich wieder an meinen Platz am Bühneneingang zurück, legte die Füße auf das Pult und versuchte, um die Nacht zu beenden, noch ein bisschen „Augenpflege" zu bekommen.

Liebe Leser

Diese Geschichten sind etwas
anders als die anderen aber ich
hoffe das sie euch auch gefallen.

Eure Melany de Isabeau

Bis bald